花间物语

美月冷霜 著

第三辑

中国财富出版社有限公司

图书在版编目（CIP）数据

花间物语.第三辑/美月冷霜著.—北京：中国财富出版社有限公司，2022.7
ISBN 978-7-5047-7716-4

Ⅰ.①花… Ⅱ.①美… Ⅲ.①诗集—中国—当代 Ⅳ.① I227

中国版本图书馆CIP数据核字（2022）第106551号

策划编辑	朱亚宁	责任编辑	孙 勃	版权编辑	李 洋
责任印制	尚立业	责任校对	张营营	责任发行	杨恩磊

出版发行	中国财富出版社有限公司		
社　　址	北京市丰台区南四环西路188号5区20楼	邮政编码	100070
电　　话	010-52227588 转 2098（发行部）	010-52227588 转 321（总编室）	
	010-52227566（24小时读者服务）	010-52227588 转 305（质检部）	
网　　址	http://www.cfpress.com.cn	排　版	董海召
经　　销	新华书店	印　刷	番茄云印刷（沧州）有限公司
书　　号	ISBN 978-7-5047-7716-4/I・0344		
开　　本	710mm×1000mm 1/16	版　次	2022年7月第1版
印　　张	39	印　次	2022年7月第1次印刷
字　　数	507千字	定　价	98.00元（全5册）

版权所有・侵权必究・印装差错・负责调换

诗人的话

我在花间等你来，让我们一起倾听大自然。
我在花间等你来，说着只有我们自己明白的语言。
我在花间等你来，品味我们灵魂深处最美的浪漫。
诗和远方，且行且伴。时光云轩，阳光灿烂。
让我们拥有花间物语，明媚人生每一天……

西府海棠冰雪妆
胭脂红蕾欲开放
又恐惊艳被分享
浑不在意占春长

天地相遇成永恒
岁月迎来追梦风
紫玉兰花道珍重
各自展开新旅程

晚晴天香出蓝壶
串铃缤纷二月初
红尘客栈才相遇
就叫百合春色足

千姿百态落红尘
风将翠菊收入心
生命之光皆秋韵
却又开出满眼春

序言

当世界文明以科学形式出现的时候，文化就成为人类生活方式的总和，并以科技、史学、艺术等形态，展现出自身的品质。文明包括精神文明和物质文明，花卉文化作为精神文明的重要组成部分，正日益受到中国乃至世界各国的高度重视。中国是世界上拥有花卉品种较为丰富的国家，栽培花卉植物的历史悠久，是当今世界上较重要的花卉植物发源地之一。

中国人的生活和花卉植物密不可分，以此形成的文化现象和文化体系，被中国先哲称为中国花文化。中国花文化集语言艺术、文学艺术、美学艺术、表现艺术于一身，已经成为中华文明史上，璀璨夺目的一朵奇葩。孔夫子说："文质彬彬，然后君子。"无论是谁，活得像花，才能活出生活里的"诗"和"远方"。这一点，对于小朋友而言，同样适用。哪个孩子的成长过程中不读书？哪个孩子不爱美的事物？美好的明天应该从读诗开始。

从西周的《诗经》和西汉的《楚辞》中，我们可以看出中国人对花鸟鱼虫的感悟。从此，大自然的生灵有了故事，有了寄托，有了对未来的憧憬。鸟语花香成为这个世界上美好的存在。正是花卉、树木、鸟、兽、鱼、虫持续创造并不断改变着地球上的自然生态环境。利用大自然，保护大自然，维护生物多样性，始终是中国人的生活态度。

本书首次尝试将自然物种和人类文化，结合成一个整体，以微写作和全押韵为基础，创作出行云流水、琅琅上口的小诗，借以表达自然界的天然文化意象，力求用通俗、流畅的语言，渲染、融合、诠释人类与大自然的共有魅力。

谨以此书献给全世界所有热爱中国花文化的人。

目录 contents

M

梅花草	/ 2
美丽马兜铃	/ 3
美丽异木棉	/ 4
美女樱	/ 5
美人蕉	/ 6
美洲茶	/ 7
米仔兰	/ 8
密蒙花	/ 9
磨盘草	/ 10
茉莉花	/ 11
牡丹	/ 12
木芙蓉	/ 13
木荷	/ 14
木槿	/ 15
木棉	/ 16
木樨	/ 17

N
茑萝松 /18
牛蒡 /19
牛至 /20
糯米条 /21

O
欧洲银莲花 /22

P
炮弹树 /23
炮仗花 /24
枇杷花 /25
啤酒花 /26
苹果花 /27
葡萄风信子 /28
蒲公英 /29

Q
七叶树 /30
七叶一枝花 /31
七姊妹 /32

千里光 /33
千日红 /34
茄花 /35
琼花 /36
秋海棠 /37
秋水仙 /38
秋英 /39
楸 /40
球兰 /41
球尾花 /42
屈曲花 /43

R
忍冬 /44
软枝黄蝉 /45
瑞香 /46

S
三色堇 /47
缫丝花 /48

山茶 / 49
山丹 / 50
山荷花 / 51
山牵牛 / 52
山桃 / 53
山桃草 / 54
山茱萸 / 55
珊瑚藤 / 56
陕西卫矛 / 57
芍药 / 58
枸兰 / 59
石斑木 / 60
石斛 / 61
石榴 / 62
石蒜 / 63
矢车菊 / 64
使君子 / 65
蜀葵 / 66

鼠尾草 / 67
水仙 / 68
睡莲 / 69
四照花 / 70
松果菊 / 71
松红梅 / 72
素馨花 / 73
酸浆 / 74
蒜香藤 / 75

T

塔黄 / 76
台湾相思 / 77
太平花 / 78
唐菖蒲 / 79
唐松草 / 80
桃金娘 / 81
藤蔓月季 / 82
天蓝绣球 / 83

天门冬 / 84
天人菊 / 85
天竺葵 / 86
田旋花 / 87
铁海棠 / 88
铁线莲 / 89
头蕊兰 / 90

W

晚香玉 / 91
万寿菊 / 92
王莲 / 93
网球花 / 94
蝟实 / 95
文冠果 / 96
文殊兰 / 97
文心兰 / 98
文竹 / 99
五星花 / 100

X

西府海棠 / 101
夕雾 / 102
舞草 / 103
舞鹤草 / 104

七言话百花

梅花草

夏日夜雨携风还,梅花草丛开喜欢。
明知前程在药店,微光依然爱人间。

　　梅花草,别名:苍耳七、盘子草。虎耳草科,梅花草属,多年生草本。产于中国新疆北部,分布于欧洲、亚洲温带和北美,生长于海拔1580~2000米的潮湿山坡草地中,沟边或河谷地阴湿处。花期7—9月,果期10月。植株娇小,花茎细长,味道清香。花瓣如雪,花蕊唯美,形似梅花。全草可入药,具有清热解毒,活血化瘀等功效。物语:逸生无多,美不可折。

美丽马兜铃

江河流淌泾渭前,日月行走须经天。
美丽马兜铃好看,不容丹青半点闲。

　　美丽马兜铃,别名:烟斗花、棉布花。马兜铃科,马兜铃属,多年生攀缘草质藤本。原产于巴西,分布于中国黄河流域以南至长江流域一带。花期5—9月,果期6—10月。花未开放前,形似饺子,上部扩大呈喇叭形。开花时,沿中缝裂开,满布深紫色斑点,呈吊篮状悬挂在空中,花纹复杂、优雅,甚是好看。部分可入药。物语:无尽思念,终生随缘。

美丽异木棉

高天厚土开心田,是否耕耘一念间。
枝头挂满花之恋,深情尽在斜阳前。

美丽异木棉,别名:美人树、美丽木棉、丝木绵、酩酊树。锦葵科,吉贝属,落叶乔木,高12~18米。原产于南美洲,热带地区多有种植,中国广东等地广泛栽培。花期10—12月。树干直立,有大突刺,成年树干呈酒瓶状,枝条铺张飞扬,叶片翠绿,美观大方。花先于叶开放,冬季盛花期,满树姹紫嫣红,景致壮观。物语:秋冬风光,此时可赏。

美女樱

清风巧手裁天长,白云落剪出芬芳。
美女樱开新花样,好个伊人换春装。

美女樱,别名:草五色梅、铺地马鞭草、铺地锦、紫花美女樱。马鞭草科,马鞭草属,多年生草本。原产于南美洲,中国引进栽培。花期5—11月。植株丛生,花小而密集,簇生于顶端,色泽丰富、漂亮。开花时,如锦绣铺地,极为壮观。茎秆矮壮、匍匐,为良好的地被植物。全草可入药,具有清热、凉血等功效。物语:互相包容,和睦家风。

美人蕉

清风得知夏天到，故叫宇宙问声好。
时光穿越花热闹，细细欣赏美人蕉。

　　美人蕉，别名：印度美人蕉、观音姜、红花蕉。美人蕉科，美人蕉属，多年生常绿草本，高可达1.5米。原产于印度，中国南北各地常有栽培。花果期3—12月。植株张扬，全部绿色，叶片碧绿如蕉，美观大方，以赏叶为主。花冠大多红色，色彩艳丽，非常漂亮。具有净化空气、保护环境的作用。根状茎、花可入药。物语：春来秋往，自由绽放。

美洲茶

快乐风景东篱插,淘金彩梅花色雅。
奔放之美如豆大,铺天盖地欲当家。

　　美洲茶。鼠李科,美洲茶属,落叶灌木或小乔木,高1米或更高。原产于北美洲,中国引进栽培观赏。花期5—9月。品种多且花色丰富,植株健壮,枝繁叶茂,生命力旺盛,枝条伸展,叶片深绿色,至秋季变红。夏末至秋,绽放海量蓝色小花,带有紫红色管状部分,花香浓郁。叶子制成茶后,可饮用。物语:生命之便,尽情撒欢。

米仔兰

一抹脱俗亮人眼,风华正茂米仔兰。
珍珠丸子从不换,有限芳香无限远。

　　米仔兰,别名:米兰、树兰、碎米兰。楝科,米仔兰属,常绿灌木或小乔木。产于中国广东、广西、福建、四川等地区。花期夏秋。植株健壮,耐修剪,叶子浓绿色,有光泽,黄色花朵极小,多至百朵,着生于树端叶腋。香味浓郁,花期长,夏秋两季最盛。因花朵很小,只有米粒大,故被称为米仔兰。枝、花可入药。物语:由小见大,天地惜花。

密蒙花

五彩沉香秋蹉跎,锦绣堆砌荒凉坡。
密蒙花开二三月,治疗眼疾用处多。

　　密蒙花,别名:小锦花、黄饭花、疙瘩皮树花、蒙花树、鸡骨头花、米汤花。马钱科,醉鱼草属,灌木,高1~4米。产于中国南北各地区,不丹、缅甸、越南等国家有分布。花繁叶茂,种植于园林庭院以供观赏,极为美丽。花芳香四溢,可以摘取新鲜花朵泡水,当茶饮用,是很好的天然食物染料。全株供药用,可治疗眼疾,根有清热解毒的功效。物语:文明进程,始于眼睛。

磨盘草

沸腾岁月有熔点,如今再无人围观。
磨盘草花看不看,真要放弃风尊严?

　　磨盘草,别名:磨子树、磨龙子、石磨子、耳响草、磨挡草。锦葵科,苘麻属,一年生或多年生直立亚灌木状草本,高1~2.5米。产于中国台湾、福建、广东等地。花期7—10月。叶子深绿色,常逸生于田间地头、旷野路旁。早期,中国北方农村多成片种植,用其茎皮加工制作绳子,以便农用。全草供药用,有散风、清血热等功效。物语:源起逸生,心想事成。

茉莉花

品茗闲坐岁月长，抛却清酒品芬芳。
秋寒检阅百花浪，茉莉何须试红妆。

茉莉花，别名：岩花。木犀科，素馨属，直立或攀缘灌木。原产于印度和中国南方，现世界各地广泛栽培。花期5—8月，果期7—9月。单瓣茉莉植株较矮小，有时逸生。双瓣茉莉花植株直立，通常会大面积栽培，簇生花朵精致且洁白如雪，芳香四溢，既是食用茉莉花的主要品种，又是花茶、香精的重要原料。花、叶可入药。物语：人有感慨，花有精彩。

牡丹

花欲惊鸿先开放,天下牡丹艳无双。
内敛不是春模样,先声夺人第一香。

牡丹,别名:洛阳花、富贵花、木芍药、百雨金、鹿韭、白茸。芍药科,芍药属,落叶灌木,高1~2米。原产于中国。花期4—5月,果期8—9月,各地区略有不同。花朵色泽艳丽,神采飞扬,被誉为"花中之王"。又因其花朵硕大、香气四溢,故有国色天香的赞誉。牡丹雍容华贵,富丽堂皇。花朵可鲜食,根皮供药用。物语:皎月出水,百花之最。

木芙蓉

水滨种植晚秋情,波光晃得花影红。
拒霜无处不有用,净化喧闹大气层。

　　木芙蓉,别名:芙蓉花、拒霜花、酒醉芙蓉、木莲、九头花。锦葵科,木槿属,落叶灌木或小乔木,高2~5米。原产于中国湖南,日本和东南亚各国也有栽培。花期8—10月。枝叶花朵,各有各的魅力。春可瞧水葱绿变的嫩芽苞,夏可观流翠叶子遮云蔽日,秋可看枝头花团灿烂,冬可赏扶疏风雅枝干。花和叶均可入药。物语:芙蓉祥瑞,花姿妩媚。

木荷

城中荷花池水浅,天际吹开几树兰。
无边森林放眼看,高树不过一书签。

木荷,别名:何树、木柯、回树、木艾树。山茶科,木荷属,大乔木,高25米。产于中国浙江、福建、江西、湖南等地。花期6—8月。含水量大,不易燃烧,是营造生物防火林带的理想树种。树姿优雅,碧绿色叶子四季常青,簇生花朵洁白如玉,芳香四溢。因花似荷花,故名木荷。根皮可入药。有大毒。物语:千变万化,次第开花。

木槿

夏蝉开唱夏日歌，美的绿篱打花结。
忽然秋来风寂寞，始知明月有圆缺。

　　木槿，别名：朝开暮落花、木棉、荆条、大红花。锦葵科，木槿属，落叶灌木，高3~4米。产于中国南北方多个地区。花期7—11月。朝开暮落。每朵花只开放一天，却每日持续更新，连续绽放数月。花朵色彩丰富，绚丽多姿，气味芳香。茎皮纤维可作造纸原料。白花重瓣木槿的花可作蔬食，别有风味。全株可入药。物语：花韵无穷，引人入胜。

木棉

若说炫美不尽然,木棉无意秀天眼。
今与明月长相伴,风来可否送春还?

木棉,别名:红棉、英雄树、攀枝花、斑芝棉。锦葵科,木棉属,落叶大乔木,高可达25米。产于中国云南、贵州、广东、广西等地。花期3—4月,果熟期夏季。树皮灰白色,生有锥刺,高大雄伟。春季,木棉树上的红色或橙红色花朵尽数绽放,花瓣硕大丰腴,色彩鲜艳,炫人眼目。花可供蔬食,入药清热除湿,树皮为滋补药。物语:岁月蹉跎,珍惜快乐。

木樨

茶杯里面尽春天,喝上几口当神仙。
桂花折叠风高见,银河之外挂云帆。

　　木樨,别名:丹桂、桂花、四季桂、银桂、桂花子、九里香。木樨科,木樨属,常绿乔木或灌木。原产于中国西南部,现各地广泛栽培。花期9—10月上旬,果期翌年3月。叶子油绿色,簇生细小花朵,质地丰腴,雍容华贵,花冠黄白色、黄色等。盛开时香味浓郁,随风四散。花为名贵香料,可泡水饮用,也可制作食品。物语:时光荏苒,花香满天。

茑萝松

风行千里人未眠,几分清冷弥寒天。
茑萝花开七月半,火红经由夏点燃。

  茑萝松,别名:五角星花、金丝线、羽叶茑萝、锦屏封、娘花、茑萝。旋花科,虎掌藤属,一年生柔弱缠绕草本。原产于热带美洲,现广布于全球温带及热带,中国广泛栽培。植株柔韧度高,攀缘力强,羽叶翠绿。花直立,花柄较花萼长,花冠高脚碟状。盛开时,红色五星花向天而歌,风姿绰约,极尽雅致。可入药。物语:任意更替,开放准时。

牛蒡

六月风锁雨不愁，穿石之水可载舟。
良药苦口若参透，牛蒡花美白发头。

牛蒡，别名：恶实、大力子、百角羊、牛蒡子、大耳朵草。菊科，牛蒡属，二年生草本。中国各地普遍分布，欧亚大陆广布。花果期6—9月。七月份开粉紫色小花，花蒂如同刺猬果，果实称为牛蒡子。含有人体所需的多种维生素和矿物质，根含有人体必需的多种氨基酸，且含量较高，享有蔬菜之王的美誉。果实、根可入药。物语：三尺土下，灵药之家。

牛至

谁知永远有多远，只道人无前后眼。
日夜循环尽管变，牛至抗老不简单。

牛至，别名：五香草、白花茵陈、香薷、苏子草、随经草。唇形科，牛至属，多年生草本或半灌木。分布于欧洲、亚洲、非洲。花期7—9月，果期10—12月。植株芳香，花冠紫红色至白色。为欧美传统日常香料。全草可提取芳香油，亦用作酒曲配料，同时也是很好的蜜源植物。干叶子具有抗氧化作用。全草入药，可预防流感。物语：如花似玉，中药宝库。

糯米条

明媚风光天气好,糯米条上练晨操。
白云眼见秋驾到,飞进绿浪找花鸟。

糯米条,别名:山柳树、茶条树、小榆蜡叶、大叶白马骨。忍冬科,六道木属,落叶多分枝灌木,高达2米。中国长江以南各地区广泛分布,长江以北多在庭院、植物园和温室中栽培。花期9月,果期10月。植株强健,枝条飞扬,叶子碧绿。夏天开花时,白色小花密布枝头,香味四溢,如白云出岫,雪花飘落。茎叶可入药。物语:秋风掩面,不忍摧残。

欧洲银莲花

冬雪虽非富贵花,却可迷住天之涯。
绝美盛开一刹那,立见众芳浪淘沙。

　　欧洲银莲花,别名:罂粟秋牡丹、毛蕊茛莲花。毛茛科,银莲花属,多年生草本。原产于欧洲南部和亚洲,主要生长于地中海,从西班牙到加拉利的山坡上。花朵硕大,色彩艳丽,随着种子的散落占地为营,东一小片大红色,西一小片粉紫色,南一小片玫红色,北一小片橙黄色,浑然一体,优美和谐。物语:海角之花,阔别天涯。

炮弹树

长空云团色如雪，平静恰似大湖泊。
炮弹花开伴明月，美好源于心纯洁。

炮弹树，别名：炮弹花、炮弹果。玉蕊科，炮弹树属，常绿乔木。原产于南美洲圭亚那、巴西和加勒比海地区。马来西亚的著名花卉。2002年，中国和马来西亚联合发行了《珍稀花卉》特种邮票，其中一枚以炮弹花为主要元素。绽放的炮弹花，恰如夕阳中那一抹又一抹的晚霞之色，美得足以使整个城市都亮丽起来。物语：居于花城，何其有幸。

炮仗花

山长水远春爱惜，花的心事绿叶知。
今将风云当底气，开它一个正逢时。

炮仗花，别名：黄鳝藤、黄金珊瑚、鞭炮花、炮仗红。紫葳科，炮仗藤属，藤本。原产于南美洲巴西，在热带亚洲广泛种植，中国广东、海南等地均有栽培。多植于庭园建筑物的四周，攀缘于凉棚上。初夏，枝繁叶茂，绿叶婆娑。大片橙红色的炮仗花任性绽放，绚丽多姿，状如鞭炮，故得名炮仗花。花、叶可入药。物语：喜气洋洋，幸福健康。

枇杷花

藏红掩绿看天时，可资消费选几枝。
金秋虽无留春意，却与枇杷两相思。

枇杷花，为蔷薇科植物枇杷的花。枇杷，蔷薇科，枇杷属，常绿小乔木，高可达10米。分布于中国甘肃、陕西、河南、江苏、广东、福建等地，多为栽培或野生。花期10—12月，果期5—6月。枝条招展，叶子碧绿有光泽。秋末冬初，开黄白色小花，密被绒毛，气味清香。果实球形或长圆形，呈黄色或桔黄色。枇杷花有止咳的功效。物语：春寒秋暮，从未辜负。

啤酒花

啤酒花开宇宙间,开放银河开放天。
直至大地水倒灌,高山仰止日夜欢。

啤酒花,别名:酒花、野酒花、蛇麻草、啤瓦古丽、香蛇麻花。桑科,葎草属,多年生攀缘草本。中国新疆、四川北部有分布,亚洲北部和东北部、美洲东部也有。花期秋季。花朵雌雄异株,雌性啤酒花芳香味苦,加入酒中,主要用于平衡中和麦芽的甜味,使之具有啤酒花的香气,而略带苦涩则成为啤酒的一大特色。物语:天下无双,冷艳寒江。

苹果花

醒目轮廓半月痕,烟色峰峦气象新。
苹果花开四月份,送给天下一片春。

苹果花,为蔷薇科植物苹果的花。苹果,蔷薇科,苹果属,乔木,高可达15米。原产于欧洲及亚洲中部。花期5月,果期7—10月。花瓣5片,梅花形,花朵含苞待放时微带红晕,花梗和花萼均具灰白色绒毛。花喇叭状,洁白的花朵集生于小枝顶端,色泽鲜艳,风姿绰约,且具有一种独特的清香。有生津开胃、补血等功效。物语:花美果甜,岁岁平安。

葡萄风信子

空心葡萄风信子,无意争妍早春时。
雨为雪花当更替,留住绚丽留住你。

葡萄风信子,别名:蓝壶花、串铃花、葡萄百合、葡萄麝香兰。百合科,蓝壶花属,多年生草本。原产于欧洲及北非,中国引进栽培。花期4—5月,果期7月。早春开花的著名花卉。开花时间长,叶子翠绿,花蓝色或顶端白色。盛开时,密生成葡萄串状的紫色小花紧紧环绕花茎,低眉垂首,恬静典雅。宜家宜室。物语:童趣盎然,充满动感。

蒲公英

精妙绝伦风传情,画眉放歌高枝听。
蒲公英花最尽兴,扶摇万里任飞行。

　　蒲公英,别名:灯笼草、婆婆丁、姑姑英、蒙古蒲公英、黄花地丁。菊科,蒲公英属,多年生草本。中国各地均有分布。花期4—9月,果期5—10月。生性强健,不择环境,随风飘落,就地生长。叶子翠绿,开美丽的黄色小花。种子上有白色冠毛结成的绒球。全草可供药用,具有清热解毒、消肿散结等功效。嫩茎、叶、花苗均可食用。物语:与天约定,天养天生。

七叶树

云海喜欢夏日长，七叶树下品花香。
充满自信叫力量，风雨为爱又起航。

　　七叶树，别名：梭椤树、猴板栗、婆罗子、七叶枫树。七叶树科，七叶树属，落叶乔木，高达25米。中国黄河流域及东部各地有栽培，仅秦岭有野生。花期4—5月，果期10月。树干挺拔直立，树冠形状饱满，枝繁叶茂，由5-7片小叶形成掌状复叶。盛花时，满树白色花朵如雪似玉，优雅圣洁。种子可入药，榨油后可制造肥皂。物语：草木有情，各自珍重。

七叶一枝花

水清云起要扫码,高去低回问晚霞。
乡居生活若牵挂,去看七叶一枝花。

七叶一枝花,别名:七叶莲、重楼金线、九连环、蚤休、独角莲。百合科,重楼属,多年生草本。产于中国西藏的东南部、云南、贵州和四川。花期4—7月,果期8—11月。株形奇特,叶子5~10片,抱茎而生,顶端蒴果裂开后,果实如石榴籽般簇拥呈现,鲜红色,多浆汁。根茎可入药,有清热解毒、消肿止痛等功效。物语:独特美感,源自经典。

七姊妹
qī zǐ mèi

月亮星星无间隔,有点距离从容些。
开花蔷薇无数个,清风白云莫负约。

　　七姊妹,别名:十姐妹、荷花蔷薇。蔷薇科,蔷薇属,攀缘灌木。原产地中国,主要生长于长江以北黄河流域。野蔷薇变种,生命力旺盛,主藤强健,枝条柔韧度高,可以任意造型。羽状叶碧绿色,花朵粉红色,具芳香,7~10朵簇生在一起,故得名七姊妹,也称十姐妹。开花时,繁花似锦,簇生成团,娇艳可人,十分美丽。物语:风月未眠,出行结伴。

千里光

千里光花个头小,无限宇宙装得了。
银河系里凑热闹,外星人称掌中宝。

千里光,别名:九里明、蔓黄菀、山黄菊、金花草、九岭光。菊科,千里光属,多年生攀缘草本。产于中国吉林东部、安徽、山西东北部、江苏等地,印度、尼泊尔等国也有分布。茎伸长,弯曲,老时变木质,皮淡色。枝繁叶茂,细茎顶端盛开朵朵黄色小花,一簇簇、一片片,格外艳丽。全草入药,有清热解毒等功效。物语:外出闯荡,见花思乡。

千 日 红

夏季来临雨倾盆，湿不透的是人心。
千日红花最幸运，所到之处皆是春。

千日红，别名：火球花、百日红、洋梅头花。苋科，千日红属，一年生直立草本。原产于美洲热带，中国南北各地均有栽培。花果期6—9月。花色鲜红、艳丽，有光泽，花干后不凋零，颜色经久不褪，因此得名千日红。开花时间长，各地城市花坛、园林、小区花径，随处可见千日红的身影。花序可入药，有止咳、定喘等功效。物语：祥瑞花卉，收入心扉。

茄花

茄子花开不张扬,淡淡紫色吐芬芳。
倒挂枝头也兴旺,平凡之中有坚强。

茄花,为茄科植物茄的花。茄,茄科,茄属,直立分枝草本至亚灌木,高可达1米。原产于亚洲热带,全世界均有分布。中国栽培历史悠久,品种繁多。花单生或簇生,花冠辐状,花朵有紫绫罗之美,绚丽多姿。果实长或圆形,果皮有光泽,皮色鲜艳。花可代茶饮,美容养颜。果可作蔬食。根、茎、叶可入药。物语:乡间别致,芳香四溢。

琼花

琼花欲递思春情,先将仪态付清风。
今夜无意看星星,只与皎月携手行。

琼花,别名:聚八仙、蝴蝶木、扬州琼花、木绣球、琼花荚蒾。忍冬科,荚蒾属,灌木。产于中国江苏南部、安徽西部等地。花期4月,果期9—10月。生于丘陵、山坡林下或灌丛中。植株强壮,聚形如树,大而优美,寿命300余年。盛花时,花冠铺张,洁白如玉,美胜雪团,清爽悦目。全草可入药。物语:魅力无限,知性浪漫。

秋海棠 (qiū hǎi táng)

红颜无奈绿枝长，岁月急欲酿果香。
风云若记流水账，须看优雅秋海棠。

秋海棠，别名：无名相思草、无名断肠草、八香。秋海棠科，秋海棠属，多年生草本。产于中国河北、河南、湖南、江苏等地，周边国家有分布。花期7月，果期8月。秋海棠植株开放，茎叶绿如翡翠，花朵大，呈淡红色，花团锦簇，优雅别致。宜家宜室。秋海棠的新品日见增多，为著名的观赏花卉。全草及块茎供药用。物语：千姿百态，人人喜爱。

秋水仙

月亮倒挂欲风干，直将地球当弹丸。
盛夏收获春碎片，如此丽质怎消遣？

秋水仙，百合科，秋水仙属，多年生草本。原产于地中海沿岸，中国引进栽培。8—10月开花，翌年春天长叶。叶披针形，茎极短，花开放时漏斗形，花瓣多为粉红色或淡紫红色。喜欢将花朵藏在自己的叶子里，直到叶子一片一片凋谢零落之后，才渐渐地露出美丽的花朵。花朵傍地而生，别具特色。鳞茎可入药。物语：窈窕登场，景艳众芳。

秋英

风云珍惜眼前人,遇见柔情就销魂。
波斯菊花美成春,朵朵尽是少女心。

  秋英,别名:波斯菊、八瓣梅、大波斯菊、芫荽梅。菊科,秋英属,一年生或多年生草本。原产于北美洲墨西哥,中国各地广泛栽培。花期6—8月,果期9—10月。花茎纤细,叶型雅致,舌状花紫红色、粉红色或白色。多为大片种植形成花海,放眼望去令人心旷神怡。有一种美叫美到骨子里,便是如此。全草入药,有清热解毒等功效。物语:田野风味,如痴如醉。

楸 (qiū)

叮咛风月为美活，赏心悦目久远些。
约定俗成倾城色，搅得高树雅事多。

楸，别名：楸树、木王、梓桐、金丝楸、旱楸、水桐。紫葳科，梓属，小乔木，高8~12米。产于中国河北、山东、陕西、湖南等地。花期5—6月，果期6—10月。簇生花朵似一个个绯红色的水晶杯，令人充满遐想。正是若可解倒悬，醉倒香艳天。全身是宝，树干为优良的建筑用材，花可炒食，叶可作饲料，茎皮、叶、种子可入药。物语：楸树至上，财丁兴旺。

球兰

欲望好比春旋涡，花美最怕风打劫。
天边白云凝雪色，唯有脂粉留不得。

球兰，别名：雪梅、狗舌藤、爬岩板、玉蝶梅。萝藦科，球兰属，攀缘灌木。产于中国云南、广西、广东等地。花期4—6月，果期7—8月。附生于树上或者石上，生长迅速。藤蔓细长而柔韧，攀缘力强，花以白色最美。盛开时，数朵小花聚成伞状，洁白无瑕的花瓣托着小小的红色花心，秀丽怡人。全株可入药。物语：大小无惧，令人炫目。

球尾花

冬去春来夏启航,月圆月缺皆故乡。
球尾花开不一样,选在湿地伴斜阳。

　　球尾花,别名:腋花珍珠菜、球尾珍珠菜。报春花科,珍珠菜属,多年生草本。北半球温带广泛种植,俄罗斯、朝鲜、日本、北美和欧洲均有分布。花期5—6月,果期7—8月。植株直立,叶片翠绿,嫩叶可以多次采摘,作日常蔬菜食用。盛开时,小花密集形成黄色花球。黄花绿叶尽显乡田湿地间的野趣。全株入药。物语:无须思量,源头难忘。

屈曲花

夏雨纷乱扰心情,屈曲花自草丛生。
不是浓香不稳重,只因遇上流行风。

　　屈曲花,别名:蜂室花、珍珠球、庭荠。十字花科,屈曲花属,一年生草本。原产于西欧,中国各地引进栽培。花期5月,果期6月。生命力强,茎直立,总状花序顶生,花瓣白色或淡紫色,形成一个个美丽的小花球,味道芳香浓郁,为年轻花友的最爱。适宜布置花坛、花径,可盆栽,亦是优良的切花材料。物语:娇小玲珑,另有作用。

忍冬

绿藤架上忍冬花，飞来露出小虎牙。
喜欢从春开到夏，乐看娃儿吃西瓜。

忍冬，别名：金银花、鸳鸯藤、二宝藤、老翁须、二色花藤。忍冬科，忍冬属，半常绿藤本。中国多地区有栽培。花期4—6月（秋季亦常开花），果熟期10—11月。初开时，花为白色，后转为黄色，因开放时间不同，色泽有黄白两色，故而得名金银花。南方农家多种植于遮荫棚架下，采摘后作茶饮用。为常用中药材。药食同源。物语：碎银扶香，洒金颐养。

软枝黄蝉

静观万物知包容，绿波斜阳各有成。
软枝黄蝉心落定，信手堆叠春意浓。

　　软枝黄蝉，别名：大花软枝花蝉、软枝黄蝉、黄莺花。夹竹桃科，黄蝉属，藤状灌木。原产于巴西，热带地区分布广泛，中国广西、广东、福建等地引进栽培。花期春夏两季，果期冬季。枝条柔软弯垂，叶子翠绿色，花冠较大，盛开时，黄色喇叭花透出嫣红，鲜艳、明亮、灿烂，极为别致。植株乳汁、树皮和种子有毒。物语：热爱光明，忠贞一生。

瑞香

风流树下午睡香,梦里几经白头霜。
且将愁丝挂天上,吹条船儿回故乡。

　　瑞香,别名:睡香、风流树、蓬莱花、千里香、蓬莱紫、夺皮香。瑞香科,瑞香属,常绿直立灌木,高约1.5米。原产于中国,分布于各地和中南半岛。花期3—5月,果期7—8月。枝条细长,叶子碧绿色,花外面淡紫红色,内面肉红色,盛开时色美韵佳,风姿绰约,香气扑鼻。果实红色。根、树皮、叶、花均可入药。物语:祥瑞之花,吉利万家。

三色堇

天下多少好物种，沉思不语待春风。
三色堇花有灵性，调皮只在分寸中。

　　三色堇，别名：三色堇菜、猫儿脸、蝴蝶花、鬼脸花、蝴蝶梅。堇菜科，堇菜属，一、二年生或多年生草本。原产于欧洲，中国各地引进栽培观赏，为冰岛国花。欧洲常见的野花物种，常用于美化园林庭院。因为每朵花上都有三种颜色，故而得名三色堇。开花受光照影响较大，以露天栽种为宜。全草可入药。物语：清热解毒，地有天无。

缫丝花

久盼不归俏冤家，怎可头戴缫丝花。
如今美得成了画，谁等谁是大傻瓜。

　　缫丝花，别名：刺糜、刺梨、文光果、送春归、三降果。蔷薇科，蔷薇属，灌木。产于中国南北方多个地区，分布于日本。花期5—7月，果期8—10月。枝条张扬，花1~2朵，生于短枝上，呈淡粉色或粉红色，花蕊金黄色，有淡淡的芳香。果实味甜酸，含大量维生素，可供食用及药用。根可药用，叶泡茶能解热。物语：雨露滋润，枝条苍劲。

山茶

几经风流不奢华，最是出彩山茶花。
豪放不在须眉下，却还保持几分雅。

　　山茶，别名：茶花、耐冬、山椿、晚山茶、曼陀罗树、洋茶。山茶科，山茶属，灌木或小乔木。中国台湾、四川、山东、江西等地有野生种，国内各地广泛栽培。花期1—4月。树形优雅美观，叶子碧绿有光泽，花朵柔和委婉。盛放于冬末春初，冰肌玉骨，风姿绰约，独占群芳。为中国传统园林花木。有较高的药用价值。物语：凝云万点，风月无边。

山丹

天晴南风得意吹,惹得山丹反转飞。
辛勤花丛不午睡,呼唤蜂儿快回归。

　　山丹,别名:细叶百合、山丹花。百合科,百合属,多年生草本。主要产于中国北方地区,多生长于山坡草地或林缘。花期7—8月,果期9—10月。形似百合,叶细长,故又名细叶百合。花瓣反卷,花冠低垂,花丝较长,具红色花粉粒,香气浓郁,好似一个个美丽的花钟,娇艳欲滴。鳞茎含淀粉,可食用,亦可入药。物语:团结共事,花开绚丽。

山荷花

爱是心中一根弦,似弹非弹又一天。
山荷花开真好看,七分透明三分仙。

　　山荷花,别名:骨架花、山芙蓉、水晶花、冰片花、水晶荷花。小檗科,山荷属,多年生草本,高0.5米。分布于东亚和北美东部地区。叶片大而翠绿,形如荷叶,洁白的花朵,优雅漂亮。当花瓣遇到水时会变成透明状,甚至能看到花瓣上的纹路,所以被称为骨架花。透明的山荷花冰肌玉骨,好似水晶花。物语:明庭芳华,唯美花家。

山牵牛

罗曼蒂克昨日回,调侃大花老鸦嘴。
若换芳名成新贵,是否今夜起翅飞?

　　山牵牛,别名:大花山牵牛、大花老鸦嘴、大花邓伯花。爵床科,山牵牛属,攀缘灌木。产于中国广西、广东等地,印度及中南半岛也有分布,广植于世界热带地区。藤蔓粗壮,攀缘性极强,多生于山地灌丛。冠檐为蓝紫色,喇叭状,花蕊黄色,因蒴果开裂时形似乌鸦嘴,故而又名大花老鸦嘴。根、叶可入药。物语:印象深刻,花开愉悦。

山桃

好风吹得春意浓，无数枝头桃花红。
天地闻香暗躁动，偷送万千仰慕情。

　　山桃，别名：毛桃、花桃、野桃。蔷薇科，李属，落叶乔木，高可达10米。产于中国山东、河北、河南、山西等地，本种抗旱、耐寒，又耐盐碱土壤。花期3—4月，果期7—8月。树皮暗紫色或灰褐色，枝条多直立。花单生，先于叶开放。山桃花之美，近乎完美，满树的山桃花如跌入胭脂水粉之中的仙子，娇艳妩媚。全株用途广泛。物语：蓦然回首，花满枝头。

山桃草

从南至北到天边，尽是风光好家园。
山桃草花亮璀璨，岁月深处是清欢。

　　山桃草，别名：白桃花、白蝶花、紫叶千鸟花。柳叶菜科，山桃草属，多年生粗壮草本，常丛生。原产于北美，中国北京、山东、浙江等地引进栽培，常逸为野生。花期5—8月，果期8—9月。丛生，茎直立，入秋变红色。花近拂晓开放，花瓣白色，后变粉红色，排向一侧，盛开时，颇有梨花的琼枝玉骨，婀娜多姿。物语：殷殷天语，问归何处。

山茱萸

满天月光渐稀疏,何时灿烂山茱萸。
晨阳若在隔壁住,可否给斛红宝珠。

山茱萸,别名:枣皮、药枣、山萸肉。山茱萸科,山茱萸属,落叶乔木或灌木,高4~10米。产于山西、陕西、安徽等地。花期3—4月,果期9—10月。黄色小花先于叶开放,花瓣舌状,向外反卷。果实如同一簇簇红宝石,晶莹剔透。鲜食有一点酸酸甜甜的味道,泡酒或煲汤都很好。中医认为,一味山茱萸胜过人参和当归。物语:花木声色,四时不谢。

珊瑚藤

寒凉微风扑蝴蝶，清雅花香谱成歌。
只要太阳永不落，流金淌银奈天何。

珊瑚藤，别名：紫苞藤、朝日藤、凤冠、凤宝石。蓼科，珊瑚藤属，多年生攀缘藤本，长10米。原产于墨西哥，中国广东、广西引进栽培，或逸为野生。藤蔓柔韧度高，枝条细长，叶子翠绿，叶脉明显，花顶生或腋生，呈淡红色或白色。开花景象壮观，繁花满枝，且具微香，故有藤蔓植物之后的美誉。物语：驻足花间，感悟温暖。

陕西卫矛

驻足金丝吊蝴蝶,庄重似比别花多。
看完日出待日落,更有执着红胜火。

　　陕西卫矛,别名:金丝吊蝴蝶、金蝴蝶、雅致卫矛、长梗卫矛。卫矛科,卫矛属,藤本灌木,高达数米。产于中国陕西,甘肃南部、四川、湖北等地。生于海拔600~1000米的沟边丛林中。陕西子午岭的彩叶金线吊蝴蝶最美。春天开长长的悬垂细梗簇生小花,花朵很小,很单薄,却能结出漂亮的红色金钱吊,令人惊艳。国家一级保护植物。物语:剪风裁月,傲然自得。

芍药

含蓄将离知春早,悬壶济世离不了。
人赠芳名叫芍药,绝色花中第一宝。

芍药,别名:芍药花、将离、殿春、赤芍药、野牡丹。毛茛科,芍药属,多年生草本。分布于中国、朝鲜、日本等。花期5—6月,果期8月。叶子碧绿,花朵色彩丰富。盛开时美艳绝伦,风姿绰约,深红色、浅红色,魅力天成。因位列草本之首,被誉为花仙和花相。根药用,称"白芍",为重要的中药材之一,故得名芍药。物语:红妆美人,唯美清纯。

杓兰

fēng chuī cǎo dòng dào píng chuān　　huā qián tíng hòu rì yuè huān
风吹草动到平川，花前亭后日月欢。
sháo lán chū rù zǐ xiāng yuàn　　sì kāi fēi kāi tīng píng tán
杓兰初入紫香苑，似开非开听评弹。

杓兰，别名：勺兰、履状杓兰、黄花杓兰、欧洲杓兰。兰科，杓兰属，多年生草本，株高0.2~0.45米。产于中国黑龙江、吉林东部、辽宁和内蒙古东北部，是中国历史最悠久的名贵花卉，日本、朝鲜半岛、西伯利亚至欧洲也有分布。花期6—7月。茎直立，叶子阔而长，颜色翠绿。花朵形态如仙子之履，造型极为别致。物语：名花倾国，悠然自得。

石斑木

清风无痕春相悦,时光重叠花不缺。
切勿与爱擦肩过,万般滋味说不得。

石斑木,别名:车轮梅、春花、雷公树、白杏花、山花木、石堂木。蔷薇科,石斑木属,常绿灌木、稀小乔木,高可达4米。产于中国安徽、浙江、江西、福建等地,周边国家有分布。花期4月,果期7—8月。植株直立,叶片集生于枝顶,枝头花朵簇生,细长花梗上的小花白里透红,花团锦簇。果实球形,紫黑色,可食。物语:花开飞扬,水美荡漾。

石斛

高声疑似月色近，低眉却见一抹新。
悠悠岁月成诗韵，处处都是赏花人。

石斛，别名：林兰、禁生、杜兰、金钗花、金钗石斛。兰科，石斛属，多年生草本。产于中国湖北南部、广西西部至东北部、西藏东南部等地。花期4—5月。附生于山林地中的树干上或山谷岩石上，是世界上少有的没有土壤依然可以生长的植物。茎秆碧绿，别致优雅。花朵美轮美奂，丰姿绰约。茎可药用。物语：风不寂寞，花开空阔。

石榴

玛瑙如珠未出阁，欢天喜地开心叠。
丹若叠出江山色，风云结成石榴果。

石榴，别名：安石榴、山力叶、丹若。千屈菜科，石榴属，落叶灌木或乔木。原产于巴尔干半岛至伊朗及其邻近地区。中国栽培石榴的历史，可上溯至汉代，据陆玑记载，是张骞引入的。花期5—7月，果期9—10月。初夏，枝头缀满红色、黄色或白色的花朵。浆果近球形，可食用。果皮、茎皮、根皮、叶均可入药。物语：深度契合，天造地设。

石蒜

浪花共鸣万水间，春华秋实又舒卷。
骄阳明知风云乱，依然推出新景观。

　　石蒜，别名：老鸦蒜、龙爪花、青风剑、彼岸花。石蒜科，石蒜属，多年生草本。分布于中国山东、河南、四川等地。花期8—9月，果期10月。野生于阴湿山坡和溪沟边。植株挺拔，叶子细长、翠绿。盛开时，火红色的花瓣努力反卷，吐出长长的花蕊，给人一种极强烈的视觉冲击。鳞茎含多种生物碱。有小毒。物语：向天而歌，创意之作。

矢车菊

人间耐看叫风光，矢车菊开飘逸香。
早晨心情最舒畅，扬起脸来迎太阳。

矢车菊，别名：蓝芙蓉、车轮花、翠兰、荔枝菊。菊科，矢车菊属，一年生或二年生草本。原产于欧洲，中国新疆、青海、甘肃、西藏、陕西等地普遍栽培。花果期2—8月。株型直立，茎叶两面异色，花形优美，色彩丰富。蓝色花朵优雅别致，如蓝色宝石。既是一种观赏植物，又是良好的蜜源花卉。全草浸出液可以明目。物语：无声绽放，尽散芳香。

使君子

洁白飘雪占拂晓，太阳火红乐逍遥。
使君子花最俊俏，晕染季节至眉梢。

　　使君子，别名：舀求子、四君子、水君木叶、五棱子。使君子科，使君子属，攀缘灌木。产于中国，分布于印度、缅甸至菲律宾。花期初夏，果期秋末。常在花架上郁郁葱葱，花蕾在长长的花梗上争相绽放，倒挂下垂，盛开之初为白色，稍后变成淡红色。经过如此演变，花色深浅不同，花团锦簇，特别漂亮。物语：丝丝牵挂，芳心融化。

蜀葵

二月飞扬初春景，蜀葵淡抹半分红。
野花美得人入胜，婉约出落山谷中。

蜀葵，别名：淑气花、一丈红、麻杆花、棋盘花、栽秧花、斗蓬花。锦葵科，蜀葵属，二年生直立草本，高达2米。原产于中国西南地区，全国各地广泛栽培。花期2—8月。植株茁壮直立，叶子碧绿，花朵硕大，颜色丰富，高低错落，轻盈飘逸。茎皮含纤维可代麻用。全草可入药，有清热止血、消肿解毒等功效。物语：最美开篇，尽在眼前。

鼠尾草

太空元素何其轻，壶中煮出回春情。
只因花草有生命，故而无处不香浓。

　　鼠尾草，别名：乌草、水青、山陵翘、秋丹参、消炎草、紫参、紫花丹。唇形科，鼠尾草属，一年生草本。原产于欧洲南部和地中海沿岸地区，中国有分布。花期6—9月。植株花、叶都美丽，香气四溢，具观赏价值。叶片可食用，茎叶和花可泡茶饮用。花、叶为中药材，具有解毒、消肿、活血化淤等功效。物语：芳香过往，魅力序章。

水仙

案头一盆三冬雪,几缕花香绽放多。
开得太阳永不落,美完额头美心窝。

　　水仙,别名:雅蒜、凌波仙子、水仙花、玉玲珑。石蒜科,水仙属,多年生草本。原产于亚洲东部的海滨温暖地区,中国浙江、福建沿海岛屿自生。花期春季。水仙在中国已经有一千多年栽培历史。植株高雅挺拔,叶子翠绿,花茎由叶片中抽出,花朵簇生于顶端,洁白如雪,芳香四溢,袅袅婷婷,高雅大气。花可提炼香精。鳞茎可入药。物语:坠露凝香,遥遥神往。

睡莲

清风一袭绿云流，凌波托举美人头。
睡莲花开好时候，引得蜻蜓落红楼。

睡莲，别名：白睡莲、子午莲、瑞莲、荷叶、玉荷花。睡莲科，睡莲属，多年生水生草本。中国广泛分布，朝鲜、日本、越南等国亦有。花期6—8月，果期8—10月。多生于池沼或湖泊等静水中，被称为水中女神。叶子碧绿油亮，浮生于水面。花姿优雅，花朵硕大，颜色亮丽。尽管白天开放，晚间闭合，却也美得足以令百花失色。物语：飘然若仙，纤尘不染。

四照花

四照花本天际栽,风云任其当主宰。
神采飞扬无疆界,若有本事尽兴开。

四照花,别名:山荔枝、鸡素果。山茱萸科,四照花属,落叶小乔木。产于中国陕西、山西、四川、甘肃等地。花期5—6月,果期8—10月。生命力旺盛,能忍受极端的高温和低温。叶片光亮,入秋变红,红叶可观赏。开花时,枝头缀满乳白色的花朵。花谢后,绯红色的果子悬挂于细长梗上,悠来晃去,好似荔枝,味甜可食,亦可作酿酒原料。物语:水墨浓烈,洁白清绝。

松果菊

六月柔情雨蒙蒙，蝶光蜂影去无踪。
松果菊开花底梦，打造一片夏风景。

　　松果菊，别名：紫锥菊、紫锥花。菊科，松果菊属，多年生草本。原产于北美洲。花期夏秋。花形会随着开放程度而变化，初开时，花瓣完全伸展开，随着开放程度不断推进，花瓣向下收拢，花谢后，花瓣掉落，留下酷似松果的花絮，变化过程趣味十足，颇具慵懒之美。外形美观，味道芳香，具观赏价值。物语：圆缺相伴，清晖无限。

松红梅

宽带海角连天涯,太阳月亮也奇葩。
实力至上不说话,松红梅花捧回家。

松红梅,别名:澳洲茶、松叶牡丹。桃金娘科,桃金娘属,常绿小灌木。原产于澳大利亚和新西兰等地,中国引进栽培。因其色泽多变,被大众所喜爱。浓绿的针状叶子像松树,花朵如梅花,优雅漂亮。喜光照充足,又怕高温和暴晒。被称为开花机器,先开的花为白色继而变成粉红色,再变成大红色,一株花上有3种极为漂亮的颜色。物语:开天辟地,运行不息。

素馨花

春风春雨春殷勤,莫负韶华莫负春。
素馨花开知方寸,芳香留给有情人。

素馨花,别名:耶悉茗花、大花素方花、大茉莉、大花茉莉。木犀科,素馨属,攀援灌木,高1~4米。产于中国云南、四川、西藏及喜马拉雅地区。花期8—10月。花朵洁白如雪,清香宜人,盛开时缀满枝头,令人赏心悦目。常被挂在胸前或者簪在头发上,增加美感,散发香味。以全株入药。适量泡茶饮用,可以护肤养颜。物语:销魂时节,花开融月。

酸浆

春闺梦断秋夜长，金灯初照红姑娘。
弱风未及起花浪，视觉盛宴又添香。

　　酸浆，别名：泡泡草、洛神珠、灯笼草、打拍草、红姑娘、天泡子、金灯果。茄科，酸浆属，多年生草本。产于中国多个地区，欧亚大陆也有分布，常生长于空旷地或山坡。花期5—9月，果期6—10月。花朵白色，常用于鲜切花。浆果球状，橙红色。果实可食用，营养丰富，味道鲜美。可供药用，有清热解毒等功效。物语：化身太阳，自由奔放。

蒜香藤

惊艳不输水芙蓉，柔美只为悦己生。
无意搅得春心动，秋风独爱花萼红。

蒜香藤，别名：紫铃藤、张氏紫葳。紫葳科，蒜香藤属，常绿藤本灌木。原产于南美洲的圭亚那和巴西，中国华南地区引种栽培。多次开花，盛花期9—10月。蔓性强，生长快速，好管理。初开时，花朵颜色较深，之后颜色会变淡，凋落时变为白色，整个植株可见多种色彩共存。花、叶揉搓后有大蒜的气味，因此得名蒜香藤。物语：叶展花静，美了心情。

塔黄

寂寞云海荒山远,塔黄长于乱石滩。
直面寒流花迎战,笃信春天指日还。

塔黄,别名:高山大黄。蓼科,大黄属,高大草本。产于中国西藏喜马拉雅山麓及云南西北部,生长于海拔4000~4800米的高山石滩及湿草地。花期6—7月,果期9月。茎单生,花序外面层层包裹着大型半透明的奶黄色苞片,远远望去,好似一座宝塔,故得名"塔黄"。一生只开一次花。塔黄为西藏常用中草药。物语:高山景观,自由陪伴。

台湾相思

三月初开洋桂花，小小精灵能干啥。
先在大地学绘画，再上蓝天试当家。

　　台湾相思，别名：相思仔、台湾柳。豆科，金合欢属，常绿乔木，高6~15米。产于中国台湾。花期3—10月，果期8—12月。树形美观大方，叶子翠绿色，细长如柳，枝条张扬，金黄色花朵如一个个美丽的小绒球。花繁叶茂，非常漂亮。金色的花朵可以开足七个月，是大自然美丽的馈赠。花含芳香油，可作调香原料。物语：中秋月圆，相约观看。

太平花

时常遇上千峰雪，山水相隔人不隔。
且赏五月新景色，心宽自然快乐多。

太平花，别名：京山梅花、太平瑞圣花、白花结、丰瑞花、土常山。虎耳草科，山梅花属，灌木，高可达2米。主产于中国四川西部、辽宁、河北等地，朝鲜也有分布。花期5—7月，果期8—10月。枝叶繁茂，花冠盘状，花瓣白色，清香四溢，绿叶之上，点点白花似瑞雪挂枝头。宋仁宗赐名为"太平瑞圣花"。根可入药。物语：平安顺畅，家宅兴旺。

唐菖蒲

绿叶如剑唐菖蒲，妆成半盏茶功夫。
轻轻穿过云破处，一封春信从头读。

唐菖蒲，别名：剑兰、十样锦、菖兰、荸荠莲、谷穗花、十样锦。鸢尾科，唐菖蒲属，多年生草本。中国各地广泛栽培，贵州及云南一些地方常逸为半野生。花期7—9月，果期8—10月。叶细长如剑，花茎直立，花色丰富，风姿绰约。对空气中的氟化氢敏感，已成为监测污染的"绿色情报员"。球茎可入药，有清热解毒等功效。物语：明月轻坠，燕燕于飞。

唐松草

随心所欲任性开,阳光难以挤进来。
莫怪审美疲劳快,若不更新无花海。

  唐松草,别名:土黄连、草黄连、紫花顿、马尾连。毛茛科,唐松草属,多年生草本。主产于中国东北部、山西、山东等地,周边国家也有分布。花期7月。花萼线形,玉白或紫红色的花丝,优雅俏丽。花梗细得足以穿进耳环洞,摘下两朵就成为一对精致美丽的花耳环。唐松草之美,可谓回眸一笑百媚生。根及根茎可入药。物语:星光璀璨,如梦如幻。

桃金娘

山野仙子似海棠，美是儿时桃金娘。
不忍登高远眺望，惟恐泪眼湿故乡。

桃金娘，别名：岗棯、多莲、山稔子、当梨子。桃金娘科，桃金娘属，灌木，株高1—2米。产于中国福建、广东等地。花期4—5月。株型紧凑，四季常青，花单生，浆果壶形，熟时紫黑色。与众不同的是，桃金娘可以边开花边结果，花果皆有极高观赏价值。成熟的果实酸甜可口，也可酿酒。根、叶、果可入药。物语：风景如画，灿若云霞。

藤蔓月季

性情晚霞羞红脸，只因遇上美容颜。
等闲秋风吹个遍，吹得田园花满天。

藤蔓月季，别名：爬蔓月季、藤和平、爬藤月季。蔷薇科，蔷薇属，落叶灌木，呈藤状或蔓状。原产于中国，现世界各地已经广泛栽培。植株强健，藤蔓长而有韧性，需要支撑起来。叶子翠绿色，花很美，单枝单花，色彩丰富，可作为花墙、隔离带等使用。盛开时花朵纷纷扬扬，开成一片美丽的花海。物语：春芳尽凋，唯我安好。

天蓝绣球

天蓝绣球花影长，饱满六月太阳光。
热烈之中抢开放，却又渴望透心凉。

天蓝绣球，别名：锥花福禄考、草夹竹桃、宿根福禄考。花葱科，天蓝绣球属，多年生草本，茎直立，高0.6~1米。原产于北美洲东部，中国各地庭院常见栽培。性喜温暖、湿润、光照充足或半阴的环境。花朵繁茂，色彩丰富，数朵小花组成大的抱序，粗壮的花茎骄傲地支撑着硕大的花球，群体景观壮丽华美。物语：风中独立，月下相思。

天门冬

大地铺就风云路,走好却需每一步。
天门冬花力道足,引得蜜蜂倾巢出。

　　天门冬,别名:三百棒、丝冬、老虎尾巴根、野鸡食。百合科,天门冬属,攀缘植物。从河北、山西、陕西、甘肃等省的南部至华东、中南、西南各省区都有分布。花期5—6月,果期8—10月。茎平滑,常弯曲或扭曲。叶子细小,绿如流翠。花通常每2朵腋生,淡绿色微带白色。浆果球形,熟时赤褐色。天门冬的地下块茎为常用中药。物语:花团岁月,唯美白色。

天人菊

月圆月缺无穷好,霸气只在花中了。
防风固沙有一套,天人菊花地位高。

　　天人菊,别名:虎皮菊、老虎皮菊、忠心菊。菊科,天人菊属,一年生草本。原产于热带美洲,中国各地广泛栽培。花果期6—8月。花姿优美,颜色艳丽,风姿绰约,且有淡淡芳香。因其花期长,常片植于花坛、园林,供观赏。生性强韧,耐风、抗潮、耐旱,全株有柔毛,可防治水分散失,是良好的防风固沙植物。盆栽,宜家宜室。物语:秀色成群,明艳可人。

天竺葵

五至七月不同风，吹幅丹青夏夜中。
天竺葵花最高兴，叫来蛐蛐当卫兵。

　　天竺葵，别名：洋绣球、石腊红、木海棠、月月红、洋葵。牻牛儿苗科，天竺葵属，多年生草本。原产于非洲南部，中国各地普遍栽培。花期5—7月，果期6—9月。生命力旺盛，花色丰富多彩，球状花大而鲜艳，表面叶缘以内有暗红色马蹄形环纹。气味香甜浓郁，有点像玫瑰，又像薄荷。有驱蚊的效果。全草入药。物语：赤地风流，再添锦绣。

田旋花

风送云来雨几何,空中眼帘遮视野。
田旋花爱夏六月,开怀畅饮话不多。

　　田旋花,别名:小旋花、箭叶旋花、扶田秧、燕子草、田福花。旋花科,旋花属,多年生草本。产于中国吉林、黑龙江、山西、新疆等地。生于耕地及荒坡草地上。根状茎横走,叶脉羽状,花冠宽漏斗形,花瓣白色、粉红色,或粉白相间,温婉柔美又不失野趣。再生能力强,乡村多用于饲喂牛羊。全草入药。物语:岁序交替,不改心意。

铁海棠

红颜生于惊天时，方寸魅力人尽知。
闲时莫将虎刺戏，专扎一个不留意。

铁海棠，别名：虎刺、麒麟刺。大戟科，大戟属，蔓生灌木。原产于非洲马达加斯加，中国南北方均有栽培。花果期全年。枝条刚劲带刺，配以小小绿叶，优雅大气，威风可见。鲜红色小花，简单精致，鲜艳如火，极具视觉冲击力。常见于公园、植物园及庭院中，亦可制作盆景。全株入药，宜家宜室。物语：勇猛精进，花开和顺。

铁线莲

风云别怪斜阳远,给点时间到眼前。
铁线莲花正鲜艳,盛妆打扮二月天。

　　铁线莲,别名:铁线牡丹、番莲、山木通、金包银。毛茛科,铁线莲属,草质藤本,长1~2米。分布于中国广西、广东、湖南、江西,日本有栽培,生于低山区的丘陵灌丛中。花期1—2月,果期3—4月。藤条强健,叶子翠绿色。花朵如同紫苑仙子,正值豆蔻年华,高贵典雅,芳香四溢。根和全草供药用。物语:生活之外,最美药材。

头蕊兰

航海无须登山梯，青云总有蔽日时。
头蕊兰花好质地，乘风破浪凭空起。

头蕊兰，别名：长叶头蕊兰、四叶一枝花。兰科，头蕊兰属，地生草本。产于中国山西南部、陕西南部、甘肃南部等地。花期5—6月，果期9—10月。多生长于海拔1000~3300米的林下、灌丛、沟边或草丛中。茎叶优雅，美观秀气。白色长梗小花，少开放或不开放，如雪似玉，清香沁人，是为数不多的直接生长于地面的娇媚兰花。物语：生来高雅，出身名家。

晚香玉

浓香见底如止水，极尽雅致凌空飞。
蜜蜂撞来喝个醉，醉死花中说不悔。

晚香玉，别名：月下香、夜来香、玉簪花。石蒜科，晚香玉属，多年生草本，高可达1米。原产于墨西哥。花期7—9月。翠绿色叶子细长如韭，挺拔美观。花朵生于顶端，形成花穗，每穗有十几朵花，洁白美丽。盛开时，洁净之美潋滟而出，如雪似玉，浓香四溢。花可提取芳香油，供制香料。根可药用。物语：绽放迷惑，席卷凌波。

万寿菊

人生之路牵手走,走得长江水倒流。
万寿菊花朝天秀,芳名就是好彩头。

万寿菊,别名:臭芙蓉、臭菊花、十样景、金盏菊、蜂窝菊、孔雀草。菊科,万寿菊属,一年生草本。原产于墨西哥,中国引进栽培。花期7—9月。生命力旺盛,适应能力强。植株健壮,花繁叶茂,花朵有黄色或暗橙色。为常见的园林绿化花卉,花大,花期长。花可以食用,可制成花卉食谱中的名菜。全草可供药用。物语:春之生命,秋天丰盈。

王莲

美在水上打个盹,生成惊艳翠玉盆。
五湖四海花开尽,不及一朵银麒麟。

  王莲,别名:亚马逊王莲、克鲁兹王莲。睡莲科,王莲属,一年生或多年生大型浮叶草本。分布于南美洲热带地区,中国南方引进栽培。是水生有花植物中叶片最大的,奇特的圆盘状巨型叶片,直径可达2米,叶面绿色略带微红,有褶皱,背面紫红色。花单生,初开为白色,后变为淡红色至深红色,具香气。物语:形象夸张,荡气回肠。

网球花

阳光消遣水中波，飞上云层变成雪。
网球花开不啰嗦，抛个火团叫风接。

　　网球花，别名：好望角郁金香、网球石蒜、血百合。石蒜科，网球花属，多年生草本。原产于非洲热带，中国引进栽培观赏。花期6—7月。鳞茎球形，花茎直立，多花，有鲜红色、血红色、纯白色。花朵密集，四射如球，极具特色。南方室外丛植成片，盛花期景观别具一格，是常见的室内盆栽观赏花卉。物语：夏日风景，灼灼花境。

蝟实

冬来雪花顺风起,名气响彻千千米。
春问何时如人意,答曰蝟实开放时。

蝟实,别名:美人木、猬实、千层皮。忍冬科,蝟实属,多分枝直立灌木,株高达3米。产于中国陕西、山西、河南、甘肃等地,为中国特有的单种属。花期5—6月,果期8—9月。果实密被黄色刺刚毛,形似刺猬,因此而得名。叶子碧绿,钟状花簇生,花冠内面具黄色斑纹,花粉红色至紫色,雄蕊2长2短,内藏。物语:印象鲜明,开放心胸。

文冠果

万物之灵无长短,一叶温柔落眉山。
文冠直须迎风站,彼此包容有何难。

　　文冠果,别名:文冠树、文光果、崖木瓜、木瓜。无患子科,文冠果属,落叶灌木或小乔木,株高可达2~5米。产于中国北部和东北部,野生于丘陵、山坡等处。花期春季,果期秋初。枝条招展,叶子翠绿色。花序先叶抽出或与叶同时抽出,花瓣白色,基部微见紫红色或黄色。种子嫩时可以食用,风味似板栗,营养价值较高。物语:时光久远,纯情于天。

文殊兰

烟云风景归本源,离尘绝俗却很难。
纵使清纯花灿烂,今生又有几回闲。

　　文殊兰,别名:罗裙带、文兰树、十八学士、葱皮兰。石蒜科,文殊兰属,多年生粗壮草本。分布于中国福建、广东、广西等地区。花期夏季。花茎直立,叶暗绿色,雄蕊淡红色,花药线形。花朵雪白优雅,傍晚时散发出迷人的芳香。花叶并美,具有较高的观赏价值。叶与鳞茎可药用。全株有毒,以鳞茎最毒。物语:无以渲染,烟火人间。

文心兰

文心兰开艳阳前,天如花色花如天。
地平线上长相伴,月亮光下手常牵。

　　文心兰,别名:吉祥兰、跳舞兰、舞女兰、金蝶兰。兰科,文心兰属,多年生粗壮草本。原产于美国、墨西哥、圭亚那和秘鲁。植株轻巧优雅,叶子翠绿色,花茎细长飞扬。花形独特,花朵颜色有黄色、洋红色、粉红色或具茶褐色花纹、斑点,花序更是变幻多端,好似飞翔的蝴蝶,极富动感,栩栩如生。是重要的兰花切花品种之一。物语:快乐无忧,山水不愁。

文竹

唯美百花逐日欢,绽放过后任风旋。
只有文竹不肯变,绿了一年又一年。

文竹,别名:云竹、山草。天门冬科,天门冬属,攀缘。原产于非洲南部,中国各地广泛栽培。盆栽文竹枝条纤细,叶子碧绿青翠,花小,白色,点缀于翠绿的枝叶间,清雅秀气。四季常青,体态轻盈,是极具观赏价值的观叶植物。常摆设于书桌和案几或者客厅,平添几分书香气息。全草和根均可入药。物语:枝头之上,充满希望。

五星花

初春盛夏各有景,繁星花开也倾城。
活色生香天拟定,大地发出惊叹声。

　　五星花,别名:雨伞花、繁星花、埃及众星花。茜草科,五星花属,直立或外倾的亚灌木,高0.7米。原产于非洲热带和阿拉伯地区,中国南部有栽培。花期夏秋。因花的颜色不同而分为多个变种。花无梗,花柱异长,冠檐开展,颜色丰富,有粉红色、绯红色、桃红色、白色等。星状花簇拥聚生成花球,花团锦簇,美轮美奂。物语:美丽长久,名利双收。

舞鹤草

天地空阔任水洗，美到深处不自知。
舞鹤草花虽纤细，却因洁白胜仙子。

　　舞鹤草，别名：二叶舞鹤草。百合科，舞鹤草属，多年生草本。产于中国黑龙江、吉林、辽宁、内蒙古、陕西等地。花期5—7月，果期8—9月。植株纤细，翠绿色，两片叶子恰似白鹤展翅欲飞，故名舞鹤草。夏季开始，抱茎开出无数洁白无瑕、如珠似玉的小小白花，仙气满满，花蕊细长飞扬，蜂蝶闻香而至。全草可入药。物语：水光山色，陡然开阔。

舞草

不忍青山一夜白,五颜六色相对开。
跳舞草进演艺界,伴随音乐转起来。

舞草,别名:跳舞草、钟萼豆。豆科,舞草属,直立小灌木。原产于中国福建、广东、四川等地。罕见的趣味观赏植物,其叶片具有自然舞动的特性。科学研究表明,舞草起舞的原因与温度、阳光和一定节奏、节律、强度下的声波感应有关。当气温达20℃以上时,舞草的侧小叶开始转动;气温达30℃以上时,它的转动最为活跃。物语:万物有灵,妩媚通行。

夕雾

秋色出自八月初,夕雾花韵天下无。
日影西斜望归处,晚霞因美而驻足。

夕雾,别名:疗喉草、喉管花。桔梗科,疗喉草属,多年生宿根草本。原产于阿尔及利亚、摩洛哥、葡萄牙、西班牙及意大利的西西里等地,中国引进栽培观赏。喜温暖、光照充足的生长环境。花朵小而多,细长成簇,雌蕊长于花冠。花冠粉紫色、粉红色或者白色,令人感觉到眼前有一片如海花雾。可用于布置花坛、花径。物语:云如轻纱,爱意萌发。

西府海棠

枝头红蕾犹胜春,含羞目下美断魂。
西府海棠开花禁,直接迷倒天下人。

西府海棠,别名:海红、小果海棠、子母海棠。蔷薇科,苹果属,小乔木,高2.5~5米。产于中国辽宁、河北、陕西等地。花期4—5月,果期8—9月。为常见的栽培果树及观赏树。树姿直立,花朵密集。盛开前,花蕾胭脂色,盛开后,花朵粉红色,叶子翠绿,香味浓郁。果味酸甜,可供鲜食及加工用。物语:寒江清韵,唯美袭人。

物语集

花卉类

M

梅花草	物语：逸生无多，美不可折。
美丽马兜铃	物语：无尽思念，终生随缘。
美丽异木棉	物语：秋冬风光，此时可赏。
美女樱	物语：互相包容，和睦家风。
美人蕉	物语：春来秋往，自由绽放。
美洲茶	物语：生命之便，尽情撒欢。
米仔兰	物语：由小见大，天地惜花。
密蒙花	物语：文明进程，始于眼睛。
磨盘草	物语：源起逸生，心想事成。
茉莉花	物语：人有感慨，花有精彩。
牡丹	物语：皎月出水，百花之最。
木芙蓉	物语：芙蓉祥瑞，花姿妩媚。
木荷	物语：千变万化，次第开花。
木槿	物语：花韵无穷，引人入胜。
木棉	物语：岁月蹉跎，珍惜快乐。
木樨	物语：时光荏苒，花香满天。

N

茑萝松	物语：任意更替，开放准时。
牛蒡	物语：三尺土下，灵药之家。
牛至	物语：如花似玉，中药宝库。
糯米条	物语：秋风掩面，不忍摧残。

O

欧洲银莲花	物语：海角之花，阔别天涯。

P

炮弹树	物语：居于花城，何其有幸。
炮仗花	物语：喜气洋洋，幸福健康。
枇杷花	物语：春寒秋暮，从未辜负。

啤酒花	物语：天下无双，冷艳寒江。
苹果花	物语：花美果甜，岁岁平安。
葡萄风信子	物语：童趣盎然，充满动感。
蒲公英	物语：与天约定，天养天生。

Q

七叶树	物语：草木有情，各自珍重。
七叶一枝花	物语：独特美感，源自经典。
七姊妹	物语：风月未眠，出行结伴。
千里光	物语：外出闯荡，见花思乡。
千日红	物语：祥瑞花卉，收入心扉。
茄花	物语：乡间别致，芳香四溢。
琼花	物语：魅力无限，知性浪漫。
秋海棠	物语：千姿百态，人人喜爱。
秋水仙	物语：窈窕登场，景艳众芳。
秋英	物语：田野风味，如痴如醉。
楸	物语：楸树至上，财丁兴旺。
球兰	物语：大小无惧，令人炫目。
球尾花	物语：无须思量，源头难忘。
屈曲花	物语：娇小玲珑，另有作用。

R

忍冬	物语：碎银扶香，洒金颐养。
软枝黄蝉	物语：热爱光明，忠贞一生。
瑞香	物语：祥瑞之花，吉利万家。

S

三色堇	物语：清热解毒，地有天无。
缫丝花	物语：雨露滋润，枝条苍劲。
山茶	物语：凝云万点，风月无边。
山丹	物语：团结共事，花开绚丽。
山荷花	物语：明庭芳华，唯美花家。

山牵牛	物语：印象深刻，花开愉悦。
山桃	物语：蓦然回首，花满枝头。
山桃草	物语：殷殷天语，问归何处。
山茱萸	物语：花木声色，四时不谢。
珊瑚藤	物语：驻足花间，感悟温暖。
陕西卫矛	物语：剪风裁月，傲然自得。
芍药	物语：红妆美人，唯美清纯。
杓兰	物语：名花倾国，悠然自得。
石斑木	物语：花开飞扬，水美荡漾。
石斛	物语：风不寂寞，花开空阔。
石榴	物语：深度契合，天造地设。
石蒜	物语：向天而歌，创意之作。
矢车菊	物语：无声绽放，尽散芳香。
使君子	物语：丝丝牵挂，芳心融化。
蜀葵	物语：最美开篇，尽在眼前。
鼠尾草	物语：芳香过往，魅力序章。
水仙	物语：坠露凝香，遥遥神往。
睡莲	物语：飘然若仙，纤尘不染。
四照花	物语：水墨浓烈，洁白清绝。
松果菊	物语：圆缺相伴，清晖无限。
松红梅	物语：开天辟地，运行不息。
素馨花	物语：销魂时节，花开融月。
酸浆	物语：化身太阳，自由奔放。
蒜香藤	物语：叶展花静，美了心情。

T

塔黄	物语：高山景观，自由陪伴。
台湾相思	物语：中秋月圆，相约观看。
太平花	物语：平安顺畅，家宅兴旺。
唐菖蒲	物语：明月轻坠，燕燕于飞。

唐松草	物语：星光璀璨，如梦如幻。
桃金娘	物语：风景如画，灿若云霞。
藤蔓月季	物语：春芳尽凋，唯我安好。
天蓝绣球	物语：风中独立，月下相思。
天门冬	物语：花团岁月，唯美白色。
天人菊	物语：秀色成群，明艳可人。
天竺葵	物语：赤地风流，再添锦绣。
田旋花	物语：岁序交替，不改心意。
铁海棠	物语：勇猛精进，花开和顺。
铁线莲	物语：生活之外，最美药材。
头蕊兰	物语：生来高雅，出身名家。

W

晚香玉	物语：绽放迷惑，席卷凌波。
万寿菊	物语：春之生命，秋天丰盈。
王莲	物语：形象夸张，荡气回肠。
网球花	物语：夏日风景，灼灼花境。
蝟实	物语：印象鲜明，开放心胸。
文冠果	物语：时光久远，纯情于天。
文殊兰	物语：无以渲染，烟火人间。
文心兰	物语：快乐无忧，山水不愁。
文竹	物语：枝头之上，充满希望。
五星花	物语：美丽长久，名利双收。
舞鹤草	物语：水光山色，陡然开阔。
舞草	物语：万物有灵，妩媚通行。

X

夕雾	物语：云如轻纱，爱意萌发。
西府海棠	物语：寒江清韵，唯美袭人。